Gutes ist am besten gleich getan

Gutes ist am besten gleich getan

善は急げ

100 Sprichwörter aus Japan

Herausgegeben und aus dem
Japanischen übersetzt von
Jürgen Berndt

Mit 100 Kalligraphien von
Suiko Simon

edition q

Die Deutsche Bibliothek – CIP-Einheitsaufnahme

Gutes ist am besten gleich getan : 100 Sprichwörter aus Japan/
hrsg. und aus dem Japan. übers. von Jürgen Berndt.
Kalligraphien von Suiko Simon. – Berlin : Ed. q, 1992
ISBN 3-86124-128-5
NE: Berndt, Jürgen [Hrsg.]

Lektorat: Klaus R. Dichtl
Gesamtherstellung: Bosch-Druck, Landshut

ISBN 3-86124-128-5

Vorbemerkung

„Wer die Wahl hat, hat die Qual.“ – Weit mehr als zwanzigtausend Sprichwörter und geflügelte Worte enthält eines der jüngsten japanischen Nachschlagewerke. Die Alltagserfahrungen der Menschen gleichen oder ähneln sich überall auf der Welt trotz aller Unterschiede in der Geschichte, Kultur und Lebensart. Deshalb finden sich im besagten Lexikon viele Eintragungen, die man ohne allzu große Mühe mit einem deutschen Sprichwort wiedergeben könnte, aber nur wenige, die sich bei einer möglichst wörtlichen Übersetzung auch ohne zusätzliche Erklärung sofort erschließen und sich als Spruchweisheiten für den, der seine Freude daran hat, ohne weiteres in den eigenen Sprachschatz integrieren lassen.

„Im Juni sich um die Bäume, im August um den Bambus und im Oktober um die Gräben bekümmern, sagt Ro.“ Das ist die notgedrungen weit-

schweifige und trotzdem kaum verständliche Übertragung eines nur aus sieben Wörtern bestehenden japanischen Sprichwortes. Mit Bildern aus dem täglichen Leben einer bäuerlichen Gesellschaft wird eine Weisheit des Alltags verkündet, nämlich: Was du tust, das tue zur rechten Zeit in der richtigen Reihenfolge, wie die Natur es dir vorschreibt. Also: *„Zur rechten Zeit getan, ist wohlgetan."*

„Mit einer Garnele einen Meerbrassen angeln" lautet ein anderes japanisches Sprichwort. Für ein Volk, dem das Meer seit eh und je eine der wichtigsten Nahrungsquellen war, sind das vertraute Bilder: Etwas Kleines, fast Wertloses, weil massenhaft Vorkommendes, eine Krabbe, hingeben, um etwas Kostbares, nämlich einen schmackhaften und überdies glückverheißenden Tiefseefisch, zu erlangen. *„Mit der Wurst nach dem Schinken werfen"* meint wohl etwas Ähnliches. *„In ein weinendes Gesicht sticht eine Biene."* Das besagt offensichtlich genau dasselbe wie *„Ein Unglück kommt selten allein"*, nur daß es im Japanischen entsprechend der mehr auf das Konkrete gerichteten japanischen Denkart bildhafter ausgedrückt wird.

Sprichwörter sind die Töchter des Alltags. Sie sind *„der Spiegel der Denkart einer Nation"*, wie Herder sagte. Und Goethe meinte, das *„Sprichwort bezeichnet Nationen"*. Sprichwörter als ein Genre der Volksdichtung sind also ein Stück Intimsphäre eines jeden Volkes. Daraus folgert, daß nicht so sehr dem Finden eines anderssprachigen Äquivalents, wohl aber der unmittelbaren Übertragbarkeit in eine andere Sprache Grenzen gesetzt sind. Und diese werden dann besonders eng, wenn ein Volk mit dem Alltag und der Denkart eines anderen wenig vertraut ist oder, anders herum gesagt, wenn ein Volk über lange historische Zeiträume hinweg für sich allein, oft sehr weit ab vom Strom der Weltgeschichte ein eigenständiges Leben geführt hat und auf Grund der geographischen Lage seines Siedlungsgebietes selten gezwungen war, sich mit anderen Völkern intensiv zu beschäftigen, eben wie das japanische.

Japan ist nie ein Durchzugsgebiet gewesen, auch geistig-kulturell nicht. Es war stets Endstation, wo sich vieles versammelte, ohne jemals wieder die Rückreise anzutreten. Seit jüngstem trifft sich dort fast die ganze Welt. In alten Zeiten kam das meiste vom asiatischen Festland, aus dem chinesischen und indischen Kulturbereich – auch manche Spruchweisheit. In vielen Fällen wird man sich in Japan deren fremder Herkunft kaum noch bewußt sein.

„Einmal sehen ist besser als hundertmal hören." Längst hat sich dieses Sprichwort in den japanischen Alltag eingebürgert. Es ist aber eindeutig chinesischen Ursprungs. Was früher aus den asiatischen Hochkulturen und in jüngeren Zeiten aus Europa und Amerika übernommen wurde, hat man in Japan miteinander verschmolzen, hat es um- und eingeschmolzen, hat es zu etwas Eigenem oder zumindest zu etwas scheinbar Eigenem gemacht – so auch viele Sprichwörter.

Vielleicht kann diese kleine Auswahl dazu beitragen, daß nun, da Japan schon lange nicht mehr eine einsame Endstation ohne Wiederkehr ist, auch ein paar Sprichwörter aus dem fernöstlichen Inselreich „als Spiegel der Denkart" der japanischen Nation auf die Reise gehen, um in der scheinbaren Fremde vielleicht sogar eine zweite Heimat zu finden.

Berlin, Sommer 1992 *Jürgen Berndt*

100 Sprichwörter aus Japan

Die Robe allein
macht den Priester noch nicht

衣ばかりで和尚はできぬ

Wenn der Mund sich bewegt,
ruhen die Hände

口が動けば手が止む

山が動けば

Was man gern tut,
tut man gut

好きこそ物の上手なれ

Schönheit hat ein kurzes Leben

佳人薄命

佳人薄命

Hast du Gift gegessen,
iß auch gleich den Teller mit

毒を食わば皿まで

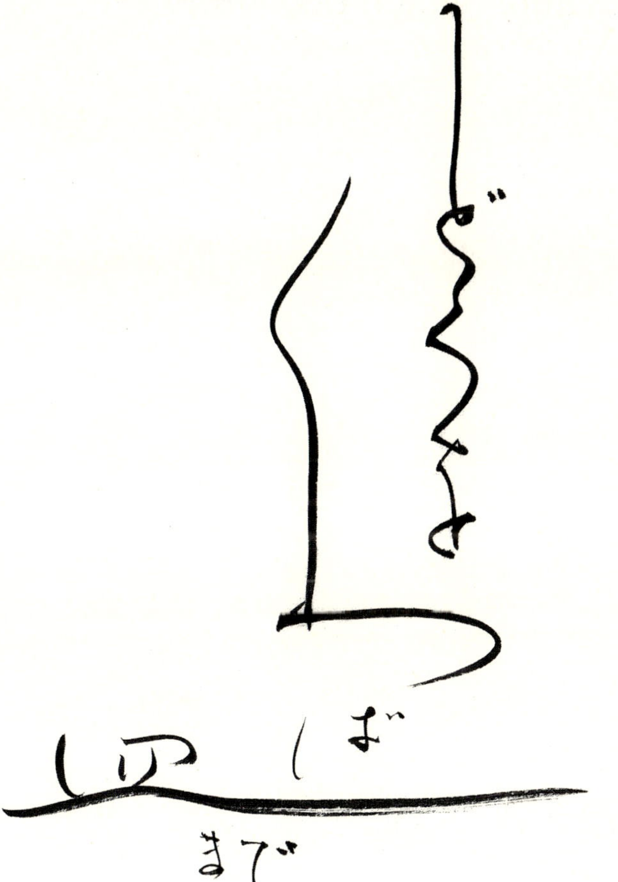
まで

Ein geschlagener General redet besser nicht über die verlorene Schlacht

敗軍の将　兵を語らず

兵を
敗軍の将
語らず

Wo Unvernunft zuhaus,
da hält's Vernunft nicht lange aus

無理が通れば道理が引っ込む

Statt böse Menschen zum Freund
hab lieber gute zum Feind

悪人の友を捨てて
善人の敵を招け

悪人の友を捨てて
善人の敵を
招け

Je schlechter der Redner,
desto länger seine Rede

下手の長談議

Selbst in der Hölle
leben nicht nur Teufel

地獄にも鬼ばかりではない

地獄にも鬼ばかりではない

Wer sich nicht in die Höhle des Tigers wagt, bekommt seine Jungen niemals zu fassen

虎穴に入らずんば虎子を得ず

とらあなにいらずば
とらのこをえず

Sieh dir die Mutter
und dann erst die Braut an

娘を見るより母を見よ

Wer den General treffen will,
ziele auf sein Pferd

将を射んとするものは
先ず馬を射よ

将を射んと欲せは
先つ
馬を射よ

*Erst schau dir die Zuhörer an,
dann halte deine Predigt*

人を見て法を説け

人を見て
法をとけ

Wer zwei Hasen nachjagt, fängt keinen

二兎を追う者は一兎をも得ず

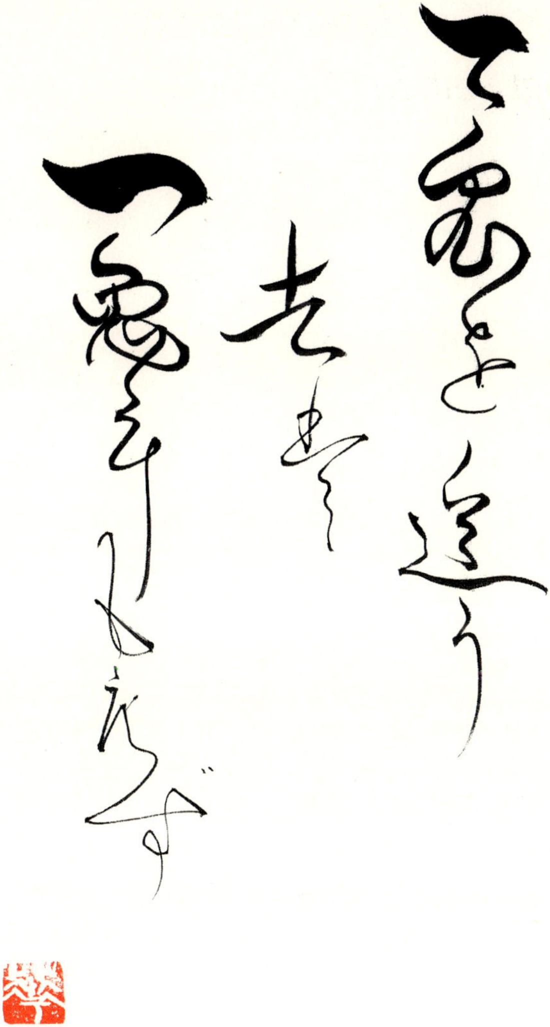

Gäste und Reiher sind am schönsten, wenn sie sich erheben

客と白鷺は立ったが見事

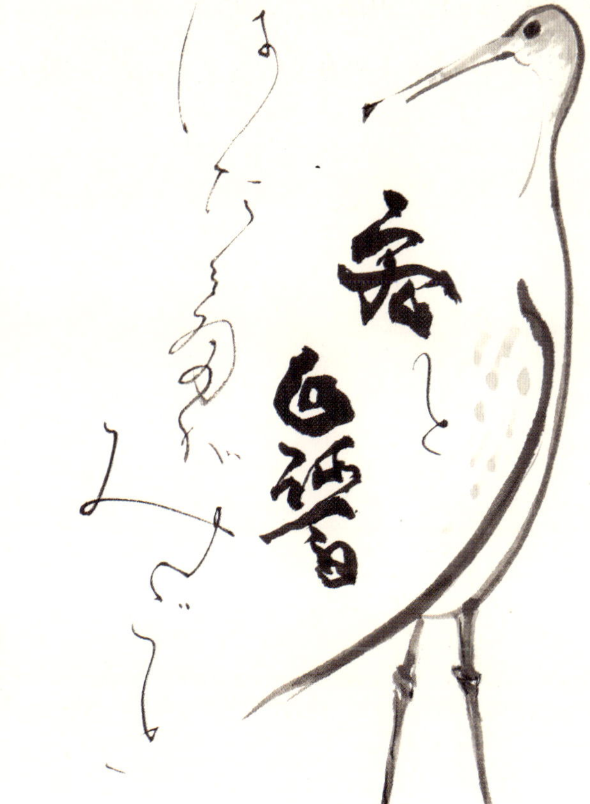

Wer mit vierzig noch nicht klug, wird's nimmer

四十馬鹿は始終馬鹿

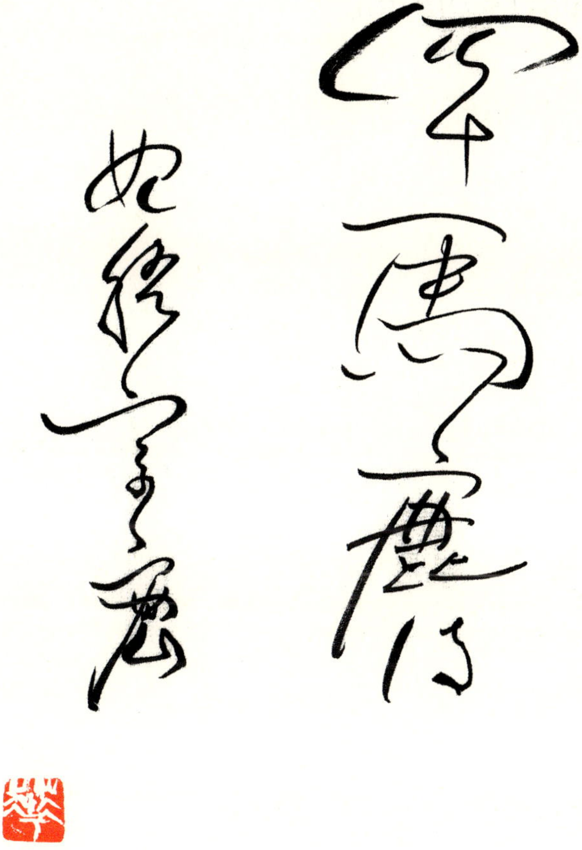

Unter einem starken General gibt es keine schwachen Krieger

強将の下に弱兵無し

強将ノ下ニ
弱兵无

Billiger Einkauf
kommt dich teuer zu stehen

安物買いの銭失い

*Was Medizin für den einen,
ist Gift für den anderen*

甲の薬は乙の毒

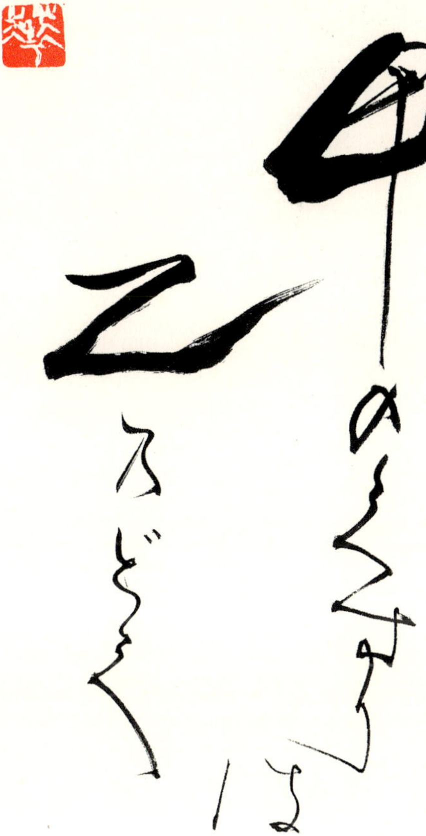
甲
乙

Sogar von deinem Selbstgespräch im Brunnen weiß nach drei Jahren alle Welt

井戸の中の独り言も
三年たてば知れる

Ein Weidenzweig bricht nicht unter der Last des Schnees

柳に雪折れなし

柳に

Des Färbers eigene Kleider sind weiß

染屋の白袴

楽屋の白粉

Auch in der Hölle trifft man Bekannte

地獄にも知る人

地獄

Besser verwaschene Kleider
als geborgte

借り着より洗い着

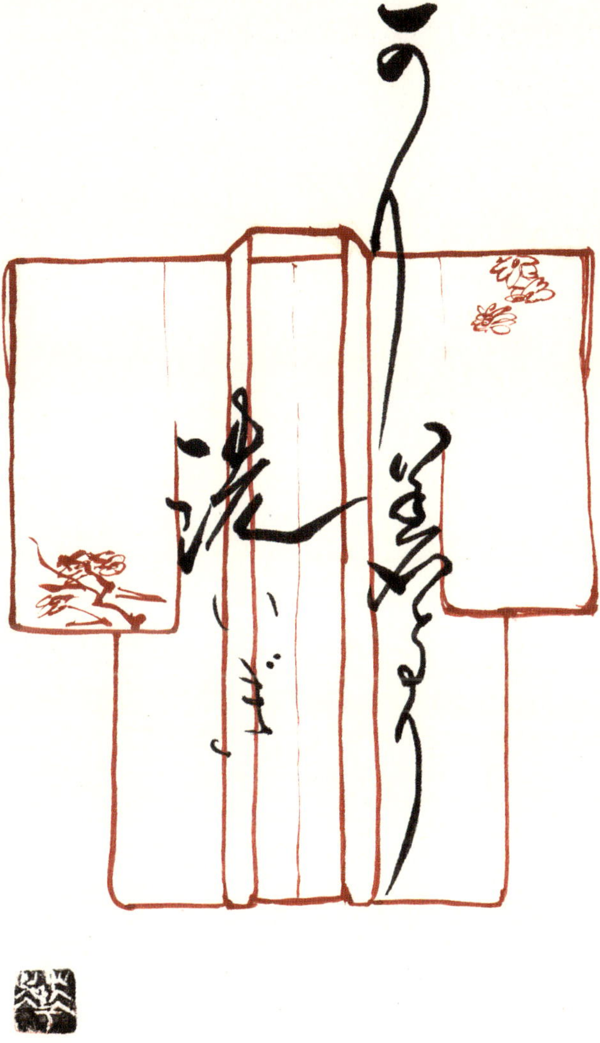

Fließendes Wasser fault nicht

流れる水は腐らず

水は

Wenn man ein Wunder sieht,
und sich nicht wundert,
vergeht das Wunder von selbst

怪しみを見て怪しまざれば
怪しみ却って破る

Manche Raupen lieben
bittere Blätter

蓼食う虫も好き好き

Wer einen kühlen Kopf und warme Füße hat, lebt lang

頭寒足熱

Was sich vereinen läßt,
läßt sich auch trennen

合わせ物は離れ物

Niederlagen sind der Boden für Erfolge

失敗は成功のもと

失敗は

成功

のもと

Nicht jeder Deckel paßt auf jeden Topf

合わぬ蓋あれば合う蓋あり

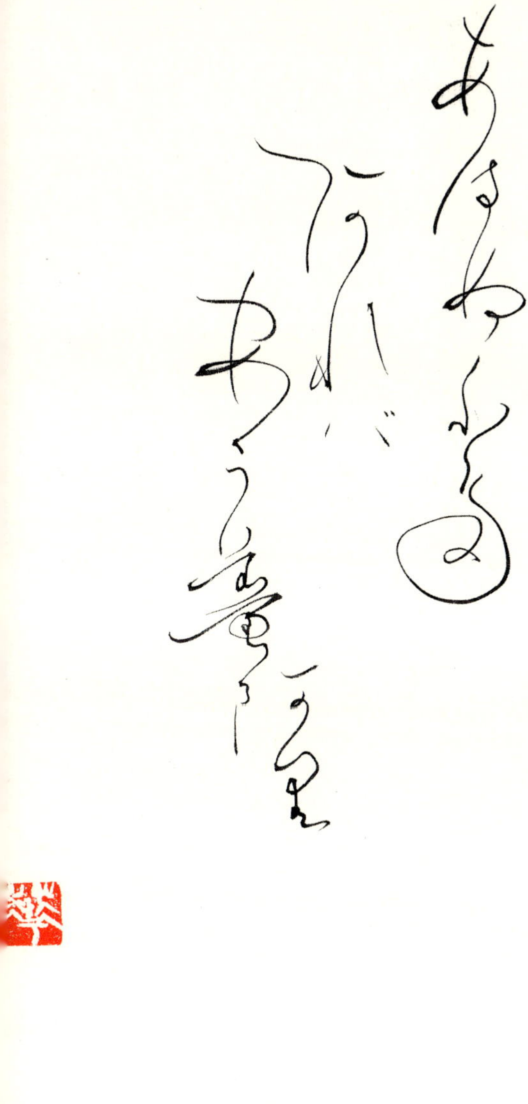

Wer hundert Meilen laufen muß,
sagt sich am besten,
daß neunzig erst die Hälfte sind

百里を行く者は九十を半ばとす

百里を行く
者は
九十を
半ばとす

Wer stark im Bösen,
kann auch stark im Guten sein

悪に強ければ善にも強し

*Wasser in der Ferne
stillt nicht den Durst*

遠水渇を救わず

スリウギ
尾

Geduld hat, wer erträgt,
was unerträglich ist

ならぬ堪忍するが堪忍

Wenn du es eilig hast,
mach einen Umweg

急がば廻れ

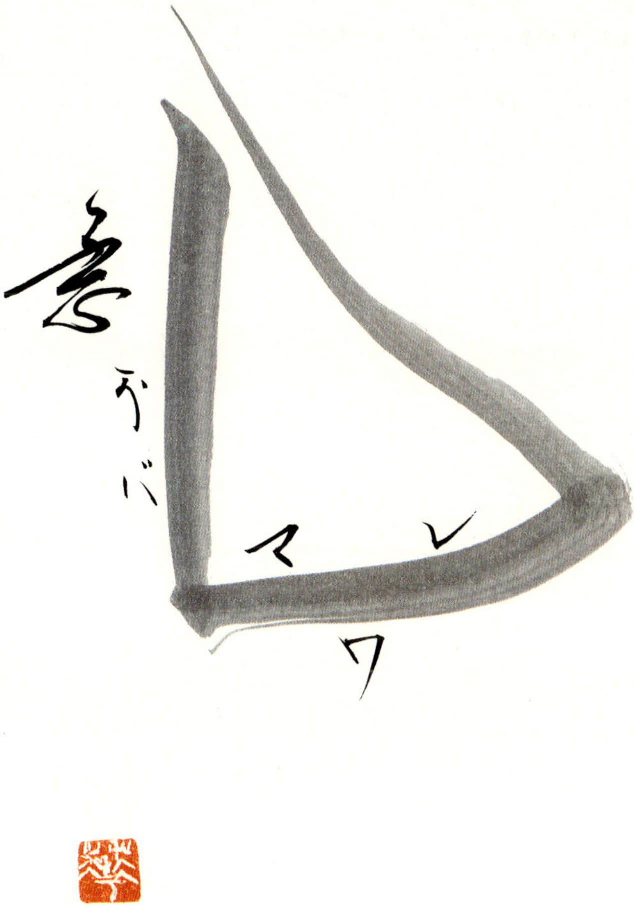
急がば
マワレ

Ist der Hinweg hundert Meilen lang, hat auch der Rückweg hundert Meilen

百里来た道は百里帰る

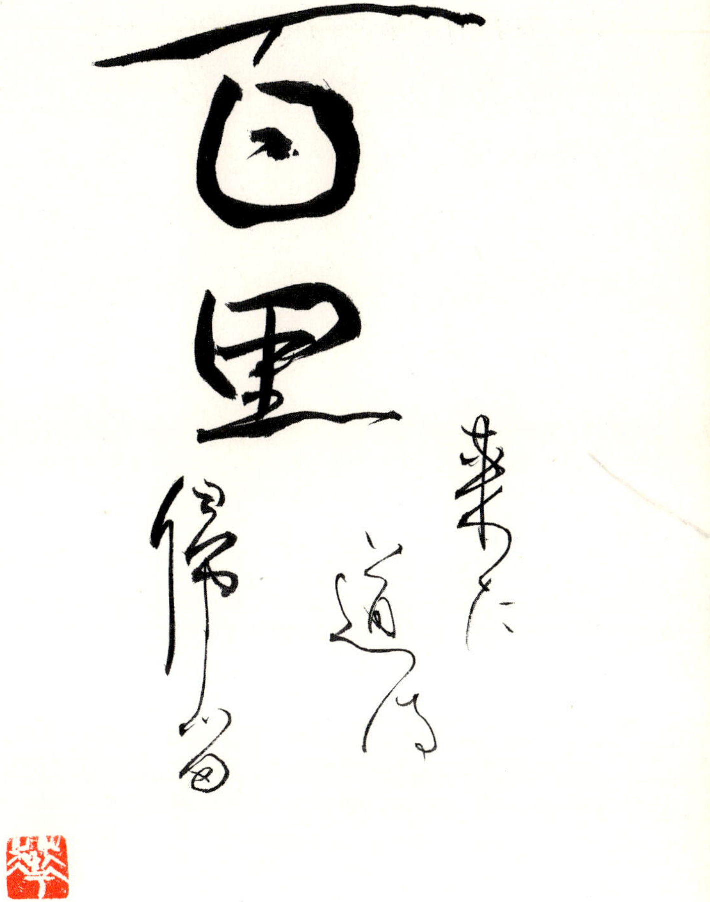
百里

Saat, die nicht gesät,
kann nicht sprießen

蒔かぬ種は生えぬ

Auf einen gesprungenen Topf gehört ein geflickter Deckel

破鍋にとじ蓋

破顔に
とじふた

Was leicht versprochen,
wird schnell gebrochen

安請合の早忘れ

安請合いの
ハヤワスレ

Schmerzen sind sogar drei Jahre zu ertragen – wenn's die eines anderen sind

人の痛いのは三年でも辛抱する

人

Ein Bauch,
der nur zu acht Teilen gefüllt,
braucht keinen Arzt

腹八分目に医者いらず

腹八分に
医者いらず

Für verliebte Augen ist eine Pockennarbe ein Lachgrübchen

ほれた目には痘痕も靨

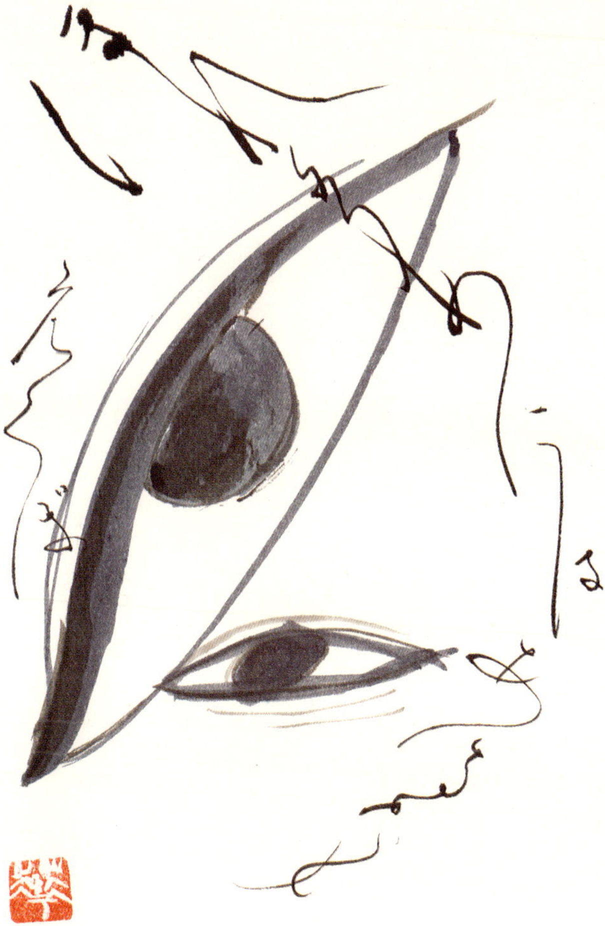

Überläßt du jemandem dein Vordach, nimmt er dein ganzes Haus

庇を貸して母屋を取られる

Wer vielen Künsten dient,
dient keiner

多芸は無芸

Selbst die in der Hölle gesprochenen Urteile richten sich nach dem Geld

地獄の沙汰も金次第

ジゴクノ
サタモ金
シダイ……

Wer einen Taler raubt,
wird gehängt,
wer ein Land raubt,
wird König

金を奪う者は殺され
国を奪う者は王となる

Wenn du Schutz suchst,
dann suche ihn im Schatten
eines großen Baumes

寄らば大樹の蔭

よらば大樹のかげ

*Fällst du siebenmal,
steh achtmal wieder auf*

七転び八起き

七転八起

Einst ein berühmtes Schwert,
jetzt nur noch ein Küchenmesser

昔の剣今日の菜刀

Ein Affe lacht über den Hintern des anderen

猿の尻笑い

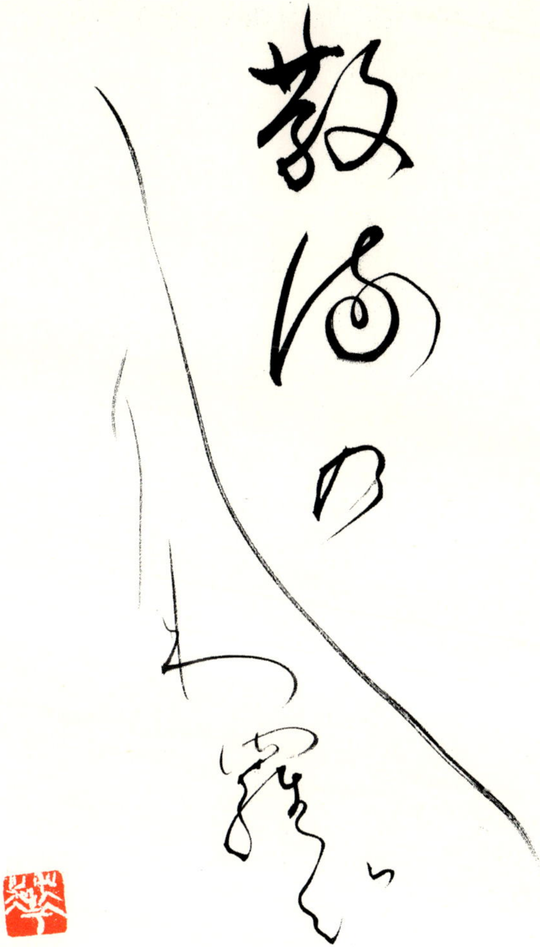

Götter, die man nicht beleidigt, strafen nicht

触らぬ神に祟なし

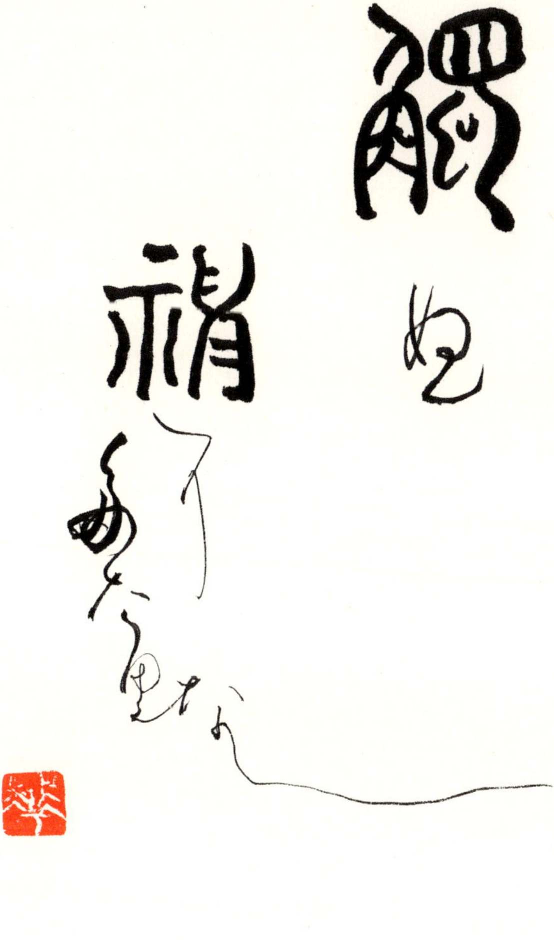

Wenn du auch deinen Kopf versteckst, ist dein Hintern noch lange nicht verborgen

頭隠して尻隠さず

Morgen weht der Wind von morgen

明日は明日の風が吹く

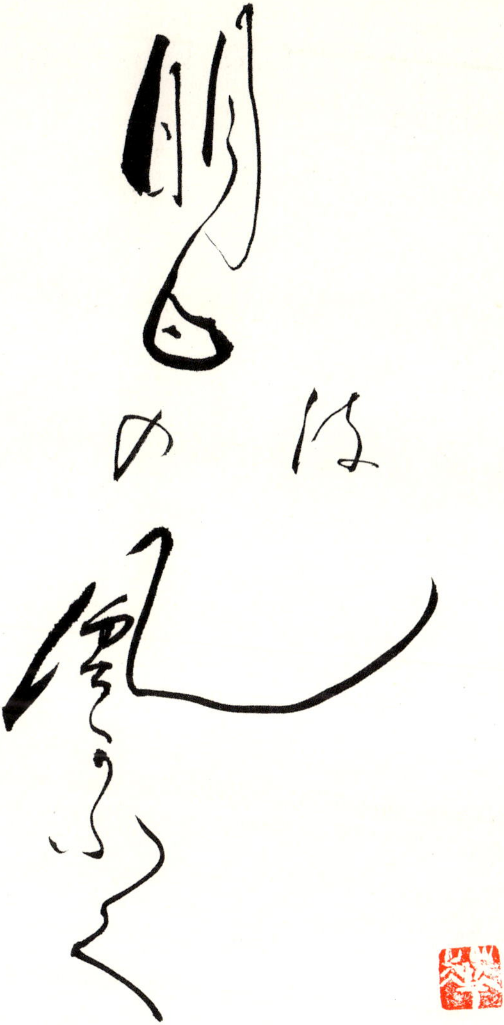
明日は
明日の風ふく

Ein Hund, der mit dem Schwanz wedelt, bezieht keine Prügel

尾を振る犬は叩かれず

尾を振る犬は一郎

Volle Ähren neigen den Kopf

実る稲穂は頭が垂れる

Selbst durch die geschicktesten Finger rinnt das Wasser

上手の手から水が漏る

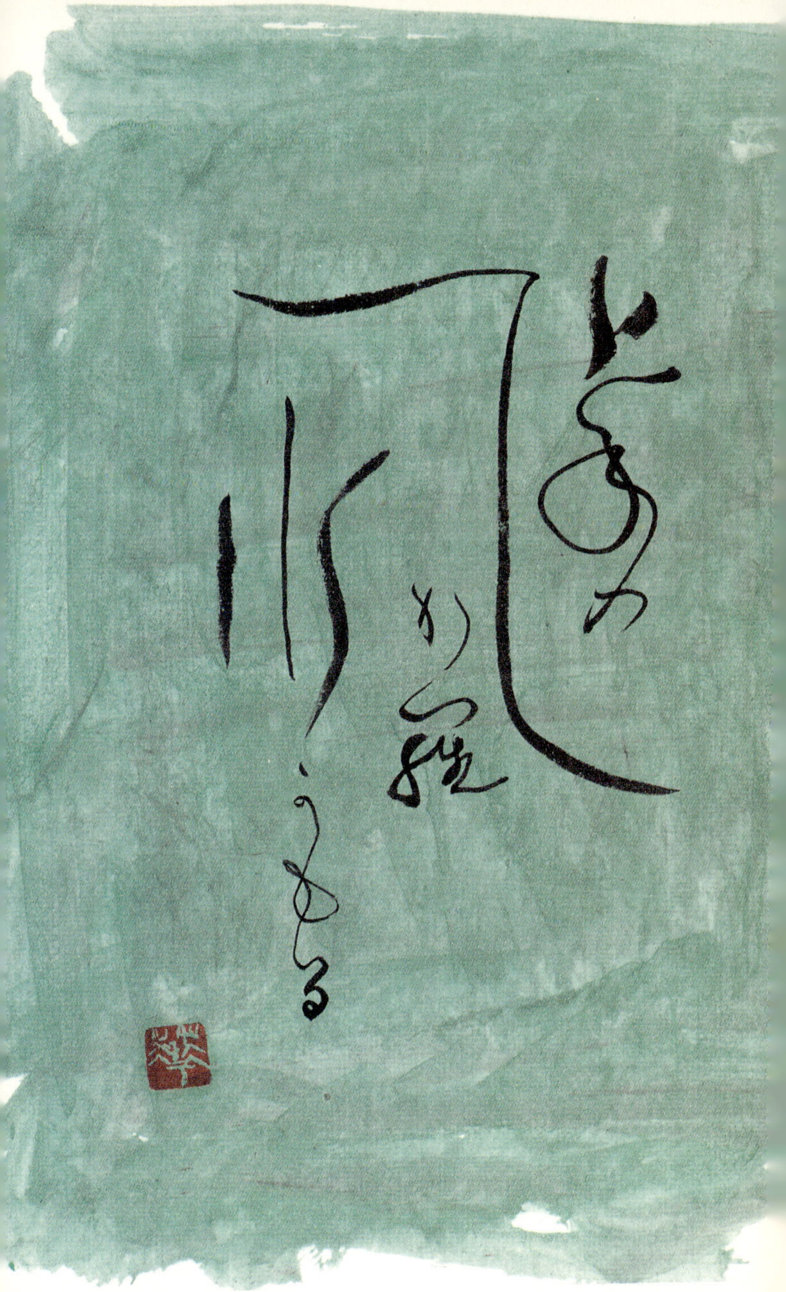

Sobald die Krankheit geheilt,
ist der Arzt vergessen

病治りて医師忘る

病いなおりて
医師
わする

Gift für die Seele
ist auch Gift für den Körper

気の毒は身の毒

気の毒は
身ゟ

Was man verborgt,
vergißt man nicht,
doch schnell vergessen ist,
was man sicht selber borgte

貸し物覚えの借り物忘れ

Auch die längste Reise
beginnt mit dem ersten Schritt

千里の行も足下より始まる

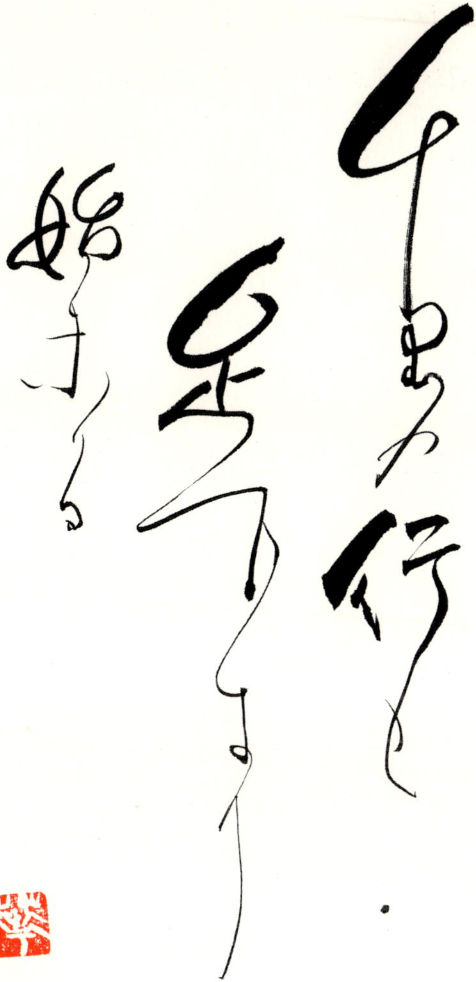

Begegnung ist aller Trennung Anfang

逢うは別れの始め

Wo es stinkt,
versammeln sich Fliegen

臭い物に蠅たかる

Liebe braucht keinen Lehrer

恋に師匠なし

夜に師匠

Ist es dein eigenes,
lobst du selbst das lahme Pferd

びっこ馬も主がほめる

Nicht die Medizin
tötet den Menschen,
sondern der, der sie verschrieb

薬人を殺さず医師人を殺す

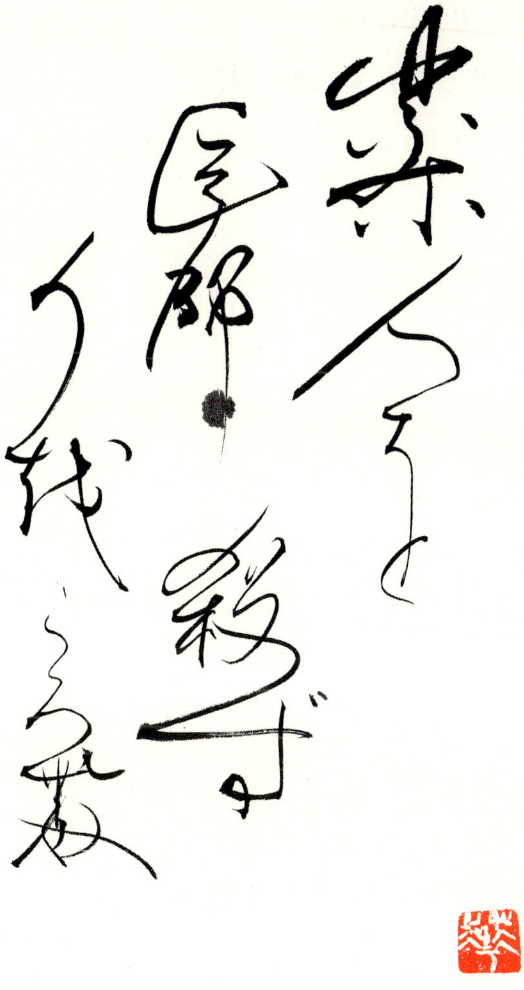

Feuer läßt sich nicht
mit Feuer löschen

火で火は消えぬ

Geht der Anstand zu weit,
wird daraus Unanständigkeit

礼も過ぎれば無礼になる

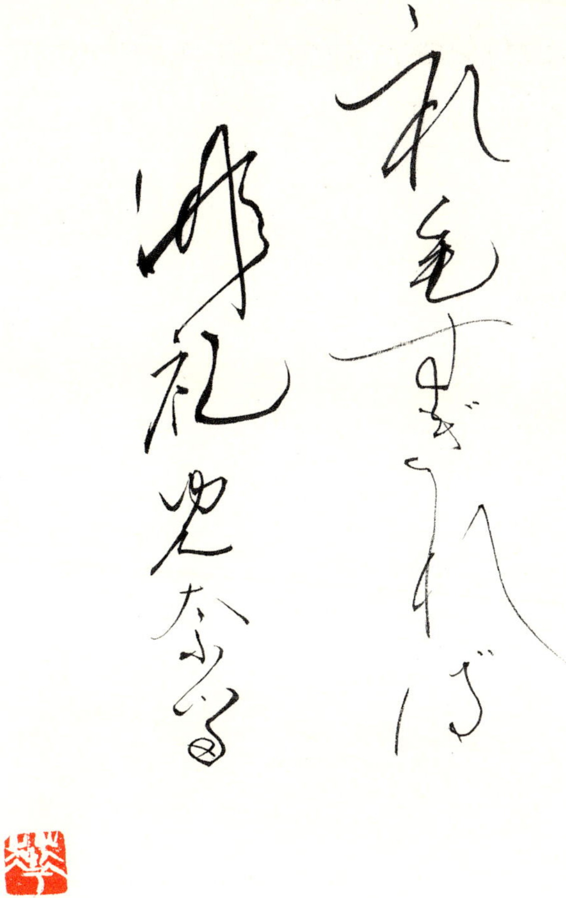

Die Spanne eines Lebens
bleibt die Spanne eines Lebens,
ob man sie weinend oder
lachend verbringt

泣いて暮らすも一生
笑って暮らすも一生

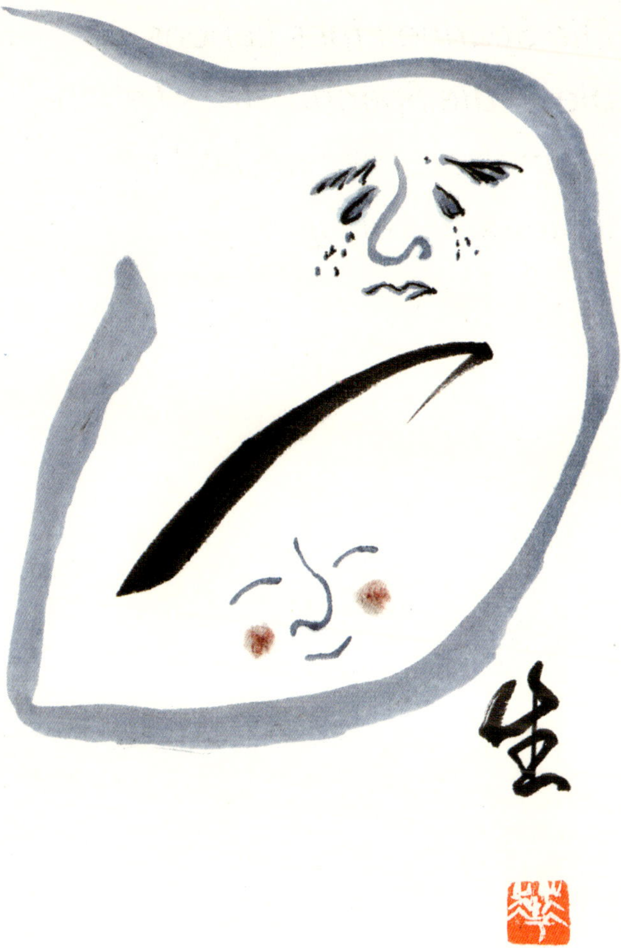

Hast du gesiegt,
binde fester deinen Helm

勝って兜の緒を締めよ

勝て兜乃
緒を
しめよ

Wer Großes will,
muß zuerst des Kleine tun

大事の前の小事

Je seichter der Strom,
desto rauher die Wellen

浅瀬に仇浪

浅瀬に仇波

Statt die Katze zu verjagen,
stell den Teller weg

猫を追うより皿を引け

156

Eine Maus, in die Enge getrieben, beißt die Katze

窮鼠猫を噛む

窮鼠

Überquere auch den
seichten Fluß wie einen tiefen

浅い川も深く渡れ

浅い川
深く

Wer schön schreiben kann, schreibt auch schön mit einem schlechten Pinsel

名筆は筆を択ばず

Die Schönheit des Herzens ist mehr wert als die des Gesichts

美目より心

Große Fische leben nicht in kleinen Teichen

大魚は小池に棲まず

Keiner ärgert sich,
wenn man ihn lobt

ほめられて腹立者なし

Der entwischte Fisch ist immer der größte

逃がした魚は大きい

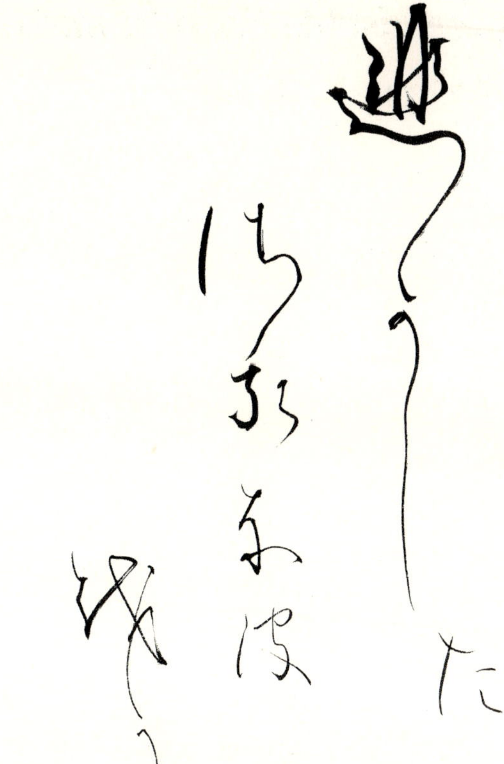

Der hungrige Hund
fürchtet den Stock nicht

飢えたる犬は棒を怖れず

うごける
犬は棒を
し
おそれず

Je höher der Baum,
desto neidischer der Wind

高木は風に嫉む

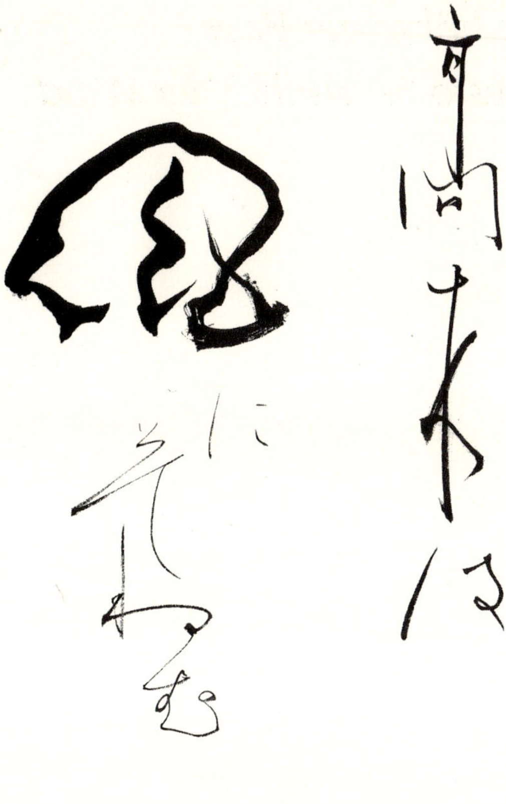

Nichts ist teurer als das,
was du für umsonst bekommst

ただより高いものはない

Der Wahrsager weiß nichts
über sein eigenes Schicksal

易者身の上知らず

Gehst du in ein anderes Land,
frag zuerst, was dort verboten ist

国に入ってはまず禁を問え

Statt nach Lob
trachte lieber danach,
nicht getadelt zu werden

誉まれあらんより毀られなかれ

Nichts ist mehr zu fürchten
als ein Dummkopf

馬鹿ほど恐いものはない

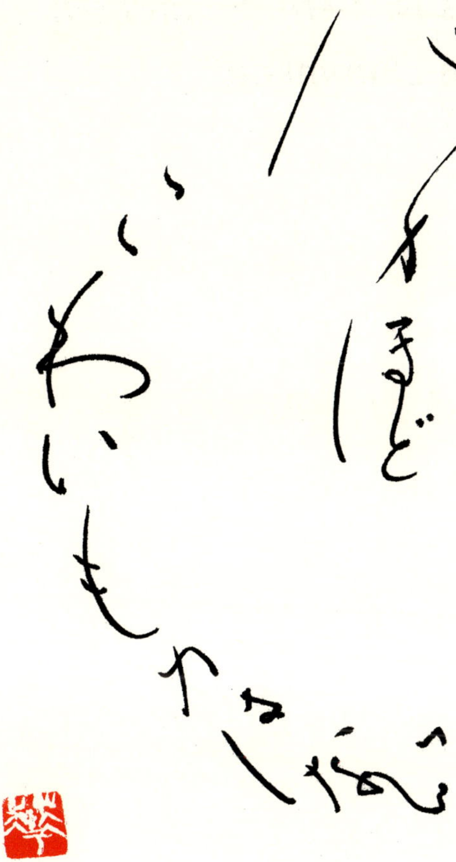

Wer alles glaubt zu wissen,
weiß gar nichts

物知り物知らず

物知り
物知らず

Der Rabe, der den Kormoran nachahmt, muß viel Wasser schlucken

鵜の真似する烏は大水をのむ

Der Frosch im Brunnen ahnt nichts von der Weite des Meeres

井の中の蛙大海を知らず

井の中の蛙大海を知らず

Was schnell heiß wird,
kühlt rasch ab

熱しやすく冷めやすい

Mehr als wirkliche Finsternis ist die Finsternis des Geistes zu fürchten

真の闇より無闇がこわい

Ruft der Fasan nicht,
trifft ihn auch kein Pfeil

雉子も鳴かずば射たれまい

雉子も
鳴かずば
し
射たれまい

Wenn der Glaube vorhanden,
kann man selbst einen
Heringskopf anbeten

鰯の頭も信心から

鰯の頭も信心から

In den Maschen eines Netzes
sammelt sich kein Wind

網の目に風たまらず

Auch ein Affe
fällt mal vom Baum

猿も木から落ちる

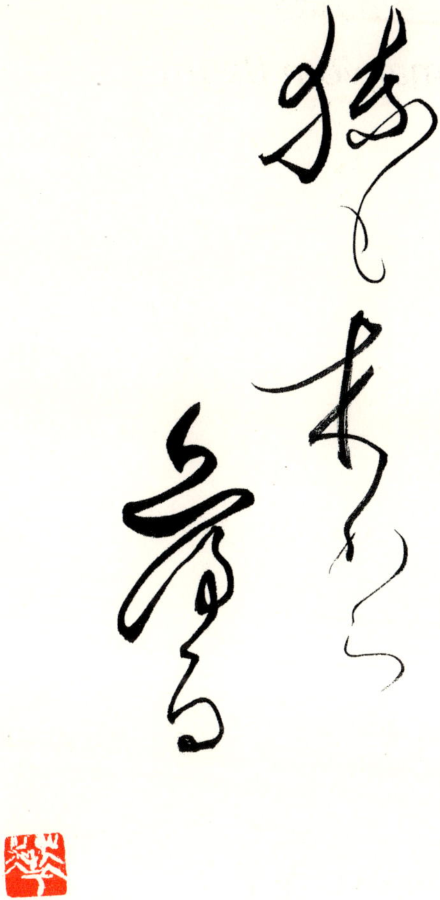

Auch kahle Bäume
beleben den Berg

枯木も山の賑い

204

枯れ木も山のにぎわい

Köstliches iß noch am selben Abend, Ärger sprich erst am nächsten Morgen aus

旨い物は宵に食え
腹の立つ事は明日言え

edition q – Buchtip

Als wär's des Mondes letztes Licht am frühen Morgen
Hundert Gedichte von hundert Dichtern aus Japan
Herausgegeben und übertragen von Jürgen Berndt

220 Seiten mit 200 farbigen Illustrationen von Ogata Korin.
Hardcover
Format 19 x 21,5 cm
ISBN 3-928024-71-X
Best.-Nr. 9098

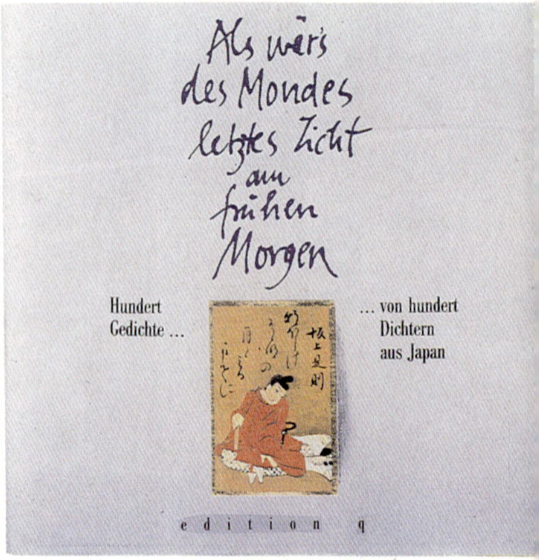

Im Jahre 1235 wurde diese klassische japanische Anthologie zusammengestellt. Sie umfaßt überwiegend Natur- und Liebeslyrik aus dem 7. bis 13. Jahrhundert. Im 17. Jahrhundert verwandelte man das unverändert lebendige Werk in ein Kartenspiel mit 200 Karten.
Unsere Ausgabe präsentiert die Texte in Verbindung mit den künstlerisch eindrucksvollen, in der Manier des Farbholzschnitts gehaltenen Kartenbildern des Ogata Korin. Eine Kostbarkeit für den Literatur- und Kunstfreund.